David se mete en líos

David Shannon

Traducido por Teresa Mlawer

NOTA DEL AUTOR

Hace algunos años, mi madre me envió un libro que yo hice cuando era pequeño. Tenía dibujos de David haciendo cosas que no debería hacer, y el texto consistía exclusivamente en las palabras "no" y "David", ¡las únicas palabras que sabía escribir! Pensé que sería divertido hacer una nueva versión para evocar todas las veces que las mamás dicen "no". Como el original, se tituló ¡No, David!

En la segunda parte, *David va al colegio*, David descubre pronto que su maestra también utiliza la palabra "no" a su manera. Ahora le toca a David hablar y resulta que la palabra "no" es también una de sus favoritas. Por supuesto que cada vez que su mamá dice "no", es porque se preocupa por su seguridad y porque desea que crezca y se convierta en una persona buena y responsable. Lo que en realidad ella quiere decir es: "te quiero". Pero cuando David dice "no", simplemente quiere decir: "no quiero meterme en líos".

Para Emma, mi pequeña traviesa, y para Heidi, su mamá, que con cariño le dice "no".

Colección dirigida por Raquel López Varela
Título original: *David gets in trouble*
Traducción: Teresa Mlawer

CUARTA EDICIÓN
Copyright © 2002 by David Shannon
All rights reserved. Published by arrangement with Scholastic Inc., 557 Broadway, New York, NY 10012, USA
© EDITORIAL EVEREST, S. A.
Carretera León - La Coruña, km. 5 - LEÓN
ISBN: 978-84-241-8661-6
Depósito Legal: LE. 506-2008
Printed in Spain - Impreso en España

EDITORIAL EVERGRÁFICAS, S. L.
Carretera León - La Coruña, km. 5
LEÓN(España)
www.everest.es

Cada vez que David se mete en líos
siempre tiene una respuesta…

¡No es
culpa mía!

¡Fue un accidente!

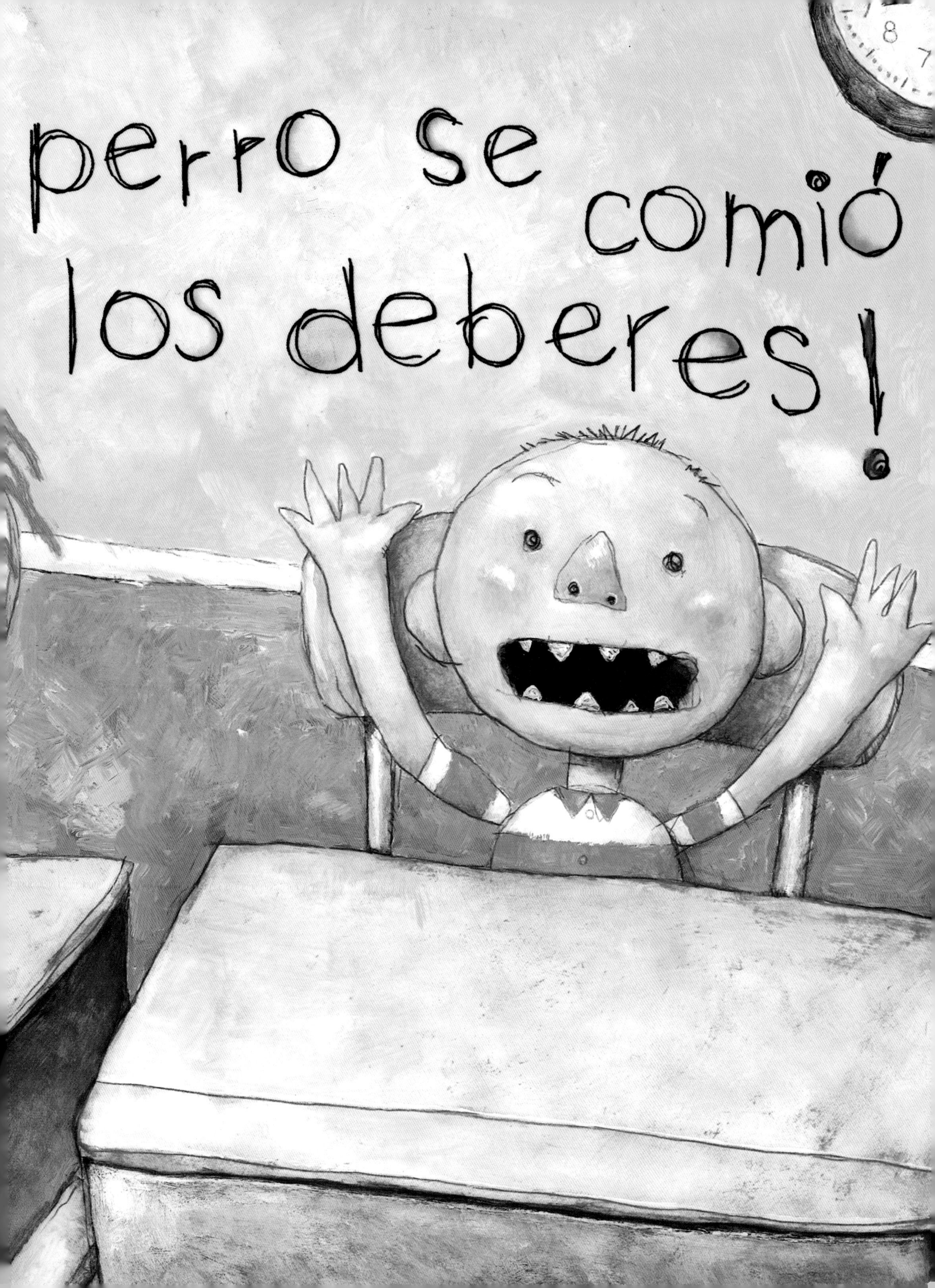
perro se comió
los deberes!

Te quiero mucho, mamá.